여우

8

FOX 8
by George Saunders

FOX 8
GEORGE SAUNDERS

조지 손더스 소설
민은영 옮김

문학동네

일러두기

본문에서 일부러 맞춤법이 틀린 표기를 쓰고 있는 부분은 글자를 엉망으로 쓰는 여우의 입장을 보여주고자 하는 작가의 의도에 따른 것임을 밝혀둔다.

독짜께,

　우선 이 말부터 할께요. 내가 글짜를 틀리개 쓰더라도 이해하새요. 난 여우라서 그래요! 그러니 쓰기도 글짜도 완벽카진 안쵸. 하지만 내가 쓰기와 글짜를 이망큼이라도 배우개 댄 사연을 알려줄께요!

　어느 날, 잉간의 집 근처를 걸어가다 온갓 흥미로운 것들을 냄새 맛트며 주둥이를 콩콩거리고 잇는대, 안애서 너무나 놀라운 소리가 들렷서요. 알고 보니 그 소리의 정채는 바로, 낫말을 만드는 잉간의 목소리엿서요. 소리가 근사했서요! 이쁜 음악소리 갓탓죠! 그 음악 갓튼 낫말

5

들을 해가 질 때까지 듯고 잇다가, 갑짜기 이런 생각이 든 거에요. 여우 8! 머리가 도랏구나! 해가 지면 세상이 어두어지잔아. 어서 잽싸게 집으로 도라가, 안 그럼 위험 애질 수도 잇서!

하지만 난 그 음악 갓튼 낫말들애 홀딱 반해서 그걸 완전이 이해하고 시펏서요.

그래서 밤마다 그곳으로 도라가 배우려고 에쓰며 창까에 안자 잇섯죠. 머지안아 아주 만은 낫말이 내 귀를 통해 머리속으로 들어왓고, 그래서 그 낫말들을 기억카면 잉간이 하는 말을 꾀 잘 이해할 수 잇섯서요!

그 집의 아주마니가 하던 말은 바로, 얘기엿서요. 세끼들에게 '사랑'을 담아 해주는 얘기. 얘기를 마치면 아주마니는 불을 *끄고* 어둠을 불러왓서요. 그런 다음 '사랑'을 느긴 아주마니는 고게를 수기고 주둥이와 입술을 세끼들의 머리에 대는대, 이건 '굿나잇 키스'라는 거에요. 난 그걸 보면 증말로 신나요! 웨냐면 우리도 세끼들에게

사랑을 보여줄 때 그러케 하거든요. 여우도요! 잉간도 사랑을 느끼고 사랑을 보여줄 수 잇다니, 기분이 증말 조앗서요. 다시 말해, 지구의 미래애 히망을 느꼈죠!

하지만 어느 날 밤애 잉간에 대해 다시 셍각해보게 하는 어떤 얘기를 들엇서요.

지금도 그런 셍각을 하고 잇고요.

그때 들은 게 머냐면, 틀린대다가 고약카기까지 한 얘기여서요. 그 얘기에 여우가 나오거든요. 하지만 그 여우가 어땟슬까요? 교활햇서요! 네, 정말로요! 여우가 닥을 속엿다고요! 나무 그루터기 안애 모이가 잇다는 말로 통통한 닥을 닥장 박끄로 꾀여냇서요. 우린 닥을 속이지 안아요! 우린 닥에게 마음을 열고 정직카게 대해요. 닥과 우리는 아주아주 공정한 거레를 한다고요. 닥은 달갈을 낫는다, 여우는 달갈을 가져간다, 닥은 달갈을 더 낫는다, 바로 이런 거죠. 가끔 살아 잇는 닥을 먹기도 해요.

그루터기에 잇는 모이를 차자다니던 닥이 우리가 접근햇슬 때 달아나지 안으면 우리에게 먹키겟다고 동의한 거니까, 그럴 때만요.

전여 교활아지 안아요.

아주 정직카죠.

그 얘기는 주잉공 닥이 앙경을 썻기 때무네 또 틀렷서요. 내가 아는 닥들은요? 앙경을 쓰지 안아요. 모든 닥이 잘 볼 수 잇서서 그런 게 아니라, 잘 볼 수 업서도 그걸 모르기 때무니라고 난 생각해요. 그건 아마도, 비록 난 닥을 갱장히 존중하고 달걀을 사랑하지만요, 닥이 머리가 별로 좃치 안은 까달기겟죠.

하지만 내가 들은 얘기 중에 앙경을 쓴 닥 얘기만 틀린 것도 아니에요.

곰 얘기도 들엇는대요, 그 속애서 곰은 항상 잠만 자고 차카고 다정하죠. 곰에게 자주 쫏기는 내 말을 믿으새요.

나를 쪼차오던 곰은 한 번도 (1) 잠드러 잇거나 (2) 차카거나 (3) 다정하지 안앗서요. 곰이 자기들 말로 멘날 직꼘이는 안 차칸 소리를 들어보라고요. 곰이 뒤애서 쪼차올 때, 운조케도 아슬아슬하게 굴속으로 미끄러저들어가 다른 여우들 압페서 울지 안으려고 에쓰는 그런 때 말이에요.

그리고 부엉이 말인대요, 부엉이가 지해롭다고요? 웃끼지 좀 마새요! 언젱가 부엉이가 여우 6의 목을 꾀 심하게 물엇다고요. 여우 6이 주둥이로 다정하게 아기 부엉이들에게 인사하고 잇섯을 뿐인대도요!

내가 잉간의 말을 안다는 사실은 오랟동안 나만 알고 잇섯서요. 그러다 어느 날, 운명인지 먼지, 내 조은 칭구 여우 7이랑 숲속을 것고 잇는대, 갑짜기 저 노픈 데서 나무가지 하나가 뚝 떨어젓서요.

내가 이랫죠. 오, 와우.

하지만 그건 여우의 말이 아니라 잉간의 말이엇서요.

너무 큰 충격을 바든 여우 7은 땅애 엉덩이를 대고 주저안잣서요. 혀가 박끄로 축 늘어졋고 깜작 놀란 눈이 히둥그레졋죠.

그래서 내가 말햇서요. 맞아, 방금 내가 한 말은 잉간의 말이야, 칭구.

그러자 그는 이랫서요. 그거 참 대단하구나, 여우 8.

그래서 난 이랫죠. 잉간의 말로, 아마도 좀 뻐기고 시퍼서겟죠. 아주아주 대단하지, 정말 그래, 여우 7.

그러자 그가 이랫서요. 우리 위대한 우두머리에게 말해야 대. 이건 정말이지……

그 말에 난, 여우의 말로, 이랫죠. 맞아, 그럿지?

그래서 우리는 위대한 우두머리인 여우 28에게 갓고, 난 잉간의 말을 좀 햇서요.

내가 잉간의 말을 하고 나자, 위대한 우두머리는 우리

여우들이 약깐 놀랏을 때나 요란한 소음을 들엇을 때 그러드시 머리를 엽프로 돌리고서 말햇서요. 여우 8, 어떠케 이런 걸 할 수 잇게 되엿지?

나는 그랫죠. 밤마다 하루도 빼지 안코 잉간이 말하는 방식을 배웟씀니다.

우두머리가 그랫서요. 너의 그 세로운 기술을 우리 무리애 도움이 대도록 사용해주겟니?

위대한 우두머리가 날 존중해주는 말을 들으니 나는 꾀 으쓱캣서요. 그는 항상 현명한 조언을 해주고 우리를 잘 이끄러주어 우리 사이애서 유명한 분이거든요.

나는 그랫서요. 기꺼이 돕겠습니다.

위대한 우두머리가 그랫죠. 나를 따라오너라, 여우 8.

난 따라갓서요. 여우 7에게 자랑스런 눈빗을 던지면서요. 칭구, 날 봐라.

곧 우리는 한 간판 압페 서 잇서요. 거기애는 내가 배운 것과 갓튼 잉간의 글짜가 적켜 잇고요. 난 공부를 한 덕애 그걸 일글 수 잇섯죠. (다행이도 그들의 알파벳을 배웟거든요. 눈을 가늘게 뜨고 창문 넘어로 그들의 책을 보면서요.)

그 글짜의 내용은 이거엿서요. 곧 개장합니다. 폭스뷰 커먼스FoxViewCommons.

난 위대한 우두머리에게 그걸 일거주엇고, 우두머리는 우리 굴로 돌아와 무리에게 그대로 전햇죠.

그 말을 들은 우리의 머리속에는 갑짜기 만은 질문이 떠올랏서요. 바로 이런 거죠. 폭스뷰커먼스가 머지? 우리를 쪼차올까? 우리를 먹을까?

알고 보니, 그건 우러를 먹을 수 업섯서요. 우리를 쪼차올 수도 업섯고요. 하지만 헐씬 더 나쁜 걸 할 수 잇섯죠.

머지안아 트럭들이 연기를 뿜꼬 경적을 울리며 도착캣거든요! 트럭들이 우리의 원시림을 파헤쳣서요! 우리의 기우뚱 나무를 뽑아버렷서요! 그늘진 웅달샘을 파괘하고 우리가 아는 가장 놉픈 곳, 비가 안 오면 모든 피조물을 구버볼 수 잇섯던 그곳을 완전이 평평하게 만들어버렷서요!

흐아, 우린 외쳣서요.

눈애 보이는 곳은 전부 나무 하나 업시 평평햇서요. 강으로 떠어갓더니, 갑짜기 너무 만은 흑이 떠네려온 까달게 강이 엉망이 되엿더라고요. 물꼬기도 엉망이고요. 지느러미 한번 펄떡이지 안코 우리를 멍하니 흘낏 올려다 보는데, 이런 의미 갓탔죠. 와우, 방금 일어난 일이 먼지도 잘 모르겟어.

방금 일어난 일은 트럭이라고 설명하려다가 우린 깨달앗서요. 물꼬기들이 지느러미 한번 펄떡이지 안은 건 죽엇기 때문이다! 개다가 물꼬기만 죽은 게 아니라 우리가 즐겨 먹는 모든 것, 벌래나 통통하고 굼뜬 쥐까지 전부 사라진 거에요! 우리는 주둥이를 땅 가까이에 대고 종일 찾아다녓서요. 하지만 간식꺼리조차 업섯서요.

머지안아 엄청 늘근 여우 몃몃이 병들엇다가 죽엇서요. 웨냐면, 음식이 업서서요. 이때 죽은 칭구들은 바로, 여우 24, 여우 10, 여우 111.

모두 조은 여우들.

잉간의 집 창까에서 만은 밤을 보내며 배운 한 가지는

이거에요. 조은 작까는 독짜가 얘기 속 잉간과 똑갓치 속상한 기분을 느끼게 한다. 예를 들어, 당신도 신대랜라와 똑갓치 속상해지는 거죠. 당신은 무도회에 가지 못태서 슬플 꺼에요. 빗짜루로 청소해야 해서 화날 꺼에요. 새엄마가 입은 드레스를 물어뜯고 싶을 꺼에요. 혹은, 당신이 피노키오라면 이런 기분이 들겟죠. 내가 나무로 만들어지지 안앗다면 조켓어. 피부로 만들어졌다면 조켓어. 그러면 아버지 제페토가 날 망치로 치지 안켓지. 이런 식으로 말이죠.

만일 당신이 이때 우리 여우들과 똑갓치 속상한 기분을 느끼고 십다면 이러케 해보새요. (1) 몇 주쩨 굼따시피 하고 (2) 칭구들 여럿이, 그리고 당신까지, 날마다 야위여가는 걸 보고 (3) 사랑하는 칭구 여럿이 삐삐 마르다가 죽는 걸 지켜본다. 이때 위대한 우두머리는 갈수록 더

만이 슬퍼햇서요. 너무 슬퍼서 무리를 이끌 수 업슬 것 갓탓죠. 몃 시간이고 허공을 바라보며 안자 잇섯고요. 아득칸 앤날부터 우리가 살아온 숲을 일은 게 자기 잘못이라고 한탄하는 것 갓탓서요. 하지만 우리는 그게 우두머리의 잘못이 아니라고 느꼇서요. 그러케 빨리 일어나버린 일을 아무리 위대하다 해도 어떠케 멈췄겟서요? (학실히 나는 멈출 방법을 몰랏서요. 한번은 어느 트럭 뒤로 몰래 들어가 망치를 훔쳐 입에 물고 나오기도 햇서요. 도둑질이 조치 안은 건 알지만 난 정말 화가 낫다고요! 하지만 망치를 훔쳣는데도 속도는 전혀 줄지 안앗서요. 다른 망치들이 잇섯던 거겟죠?)

마침내 우리 중 몃몃이 위대한 우두머리에게 가서 이러죠. 위대한 우두머리님, 우리가 멀리 나가서 먹이도 찾고 더 살기 조은 곳을 찾아볼께요.

하지만 우두머리는 한숨을 쉬고는 이랫서요. 안 돼, 안 돼, 너무 위험해. 모두 내가 볼 수 잇는 곳에 가만히 잇서.

그러고는 또다시 발 사이에 머리를 처박앗죠.

트럭들은 몃 주에 걸처 계속 일햇서요. 이 잉간들은 정

말로 일을 잘하더군요. 숲 전체가 사라질 때까지 일하고 또 일하는 거에요. 어뗘케 일햇냐고요?

손으로, 그리고 트럭으로.

알고 보니, 그들이 만들고 잇는 건 바로, 거대한 흰 상자 여러 개. 바깟 표면에는 수수께끼 갓튼 낫말들이 적켜 잇섯서요. 내가 그 낫말들을 익자 칭구 여우들이 어리둥절안 표정으로 나를 보는대, 그건 이런 뜻이엇죠. 여우 8, 말해봐, 봉통이 머야? 컴퓨펀이 머야? 후터스가 머야? 쿠키스-앤-크림이 머야?

하지만 난 대답할 수 업섯서요. 그런 낫말들은 애기 창까에서 들어본 적이 업섯거든요.

폭스뷰커먼스는 잉간들이 차를 놔두려고 오는 곳 갓탓서요. 그 하얀 상자 속으로 들어가 차가 집에 갈 준비가 댈 때까지 기다리는 걸까요? 나는 때로 안에 개가 잇는 차에 다가가기도 햇서요. 난 개의 말을 재법 잘해서, 개에게 이러곤 햇죠. 잘 지네? 그러면 개는 내가 자기네 말로 물은 게 아닌 것처럼 멍하게 날 처다보거나, 차 안에서 이리저리 날띠엇죠. 박끄로 띠처나와 나를 해칠 것처럼요. 감히 여유를!

하지만 마침내 어떤 개가 대답을 해줘요. 아주 잘 지네지. 넌 어때? 이 안은 너무 더워.

그래서 나는 이랫죠. 칭구, 이곳은 머야?

개가 그랫서요. 주차.

난 그랫죠. 그게 머하는 곳인대?

그때 이 개가 엉덩이를 할트려고 잠시 멈췃서요. 그동안 나는 예의 잇게 기다렷고요.

마침내 개가 그랫서요. 몰이야.

나는 그랫죠. 근대 몰은 어디에 쓰는 거야?

하지만 이즈음 개는 잠들어 잇서요. 다리가 달리듯 움직이는대 차 안에 간친 체로 아마도 여우가 된 꿈을 꾸는 것 갓탓서요. 자기한태 여우 갓튼 자유가 잇고 뱃살은 더 업는 꿈.

하지만 그 개가 마잣서요. 그건 주차엿서요. 몰이엇죠.

잉간들은 말해요. 얘들아, 그만 싸워. 몰에 도착햇서. 그만, 그만해. 그러케 계속 싸울 꺼면, 우리 그냥 몰에 가지 말고 수학 공부나 하러 가는 게 어때, 커크? 아니면, 어떤 잉간은 아주 쪼그만 상자에다 대고 이러케 말해요. 나 서둘러야 대, 지니, 이제야 몰에 와서 주차중이야! 아니면, 한 잉간이 다른 잉간의 엉덩이를 찰싹 치면 엉덩이를 맞은 잉간이 꾀 다정하게 몸을 기데면서 말해요. 엘리엇, 당신 때매 웃겨 죽겟어. 아니면, 어떤 아가씨가 헨드벡을 떨어뜨리고는 물건들을 주우려고 허리를 숙이자 갑짜기 모자가 바람에 날아가요. 그 순간 아가씨는 나쁜 말을 내뱃트며 주저안자서 울 듯탄 표정을 짓지만, 그때 차칸 남

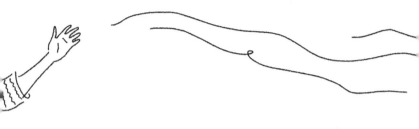

자가 나타나고 그 남자는 다리를 살짝 저는대도 아가씨
의 모자를 잡으러 잽싸게 달려가요.

잉간들이란!

항상 흥미롭죠.

어느 날, 주차 언저리애 웅크리고 안자 몰을 바라보는
대 잉간 둘이 걸어나왔서요.

하나가 이랫서요. 조아, 너 립 왁싱 끗나면 푸드코트에
서 만나자.

그러자 다른 하나가 이랫죠. 너 늦으면 정말로 죽여버
릴 꺼야, 메건.

그러자 처음의 잉간이 이랫서요. 걱정 마. 내가 널 찾
을께. 입술이 좀 너무 빨갓타 하면 너일 테니까.

그러더니 둘이서 깔깔 웃더라고요.

난 '푸드코트'라는 말에 귀가 엄청 쫑그태졋서요.

푸드코트에 가면 음식이 잇쓸까?

아마 잇쓸 꺼야, 난 그러케 느꼇죠.

이쯤애서 말해야겟군요. 난 평생 꾀 창이적인 공상에 빠지곤 햇다는 걸요. 공상이 그냥 저절로 떠올랏서요. 난 그걸 즐겻고요.

가장 조앗던 몃 가지.

어떤 잉간들이 내가 자기내 말을 갱장히 잘하는 걸 듯고 내게 닥고기를 좀 줘요. 나는 그들과 식탁에 함께 안쪼. 그러면 그들이 말해요. 여우로 사는 건 어때?

나는 말하죠. 좃치.

그들이 말해요. 여우는 우리가 가장 조아하는 동물이야.

난 말하죠. 고마워.

그들이 말해요. 새상에, 왜 우린 멍청하게 가장 마니 키우는 반려동물로 개를 골랏을까?

난 말하죠. 나도 도무지 모르겟어.

혹은 이런 거. 곰 여럿이 나를 쪼차와요. 나는 멈춰 서서 한쪽 발을 높이 들고 차카게 살아야 한다고 연설을 하죠. 그럼 곰들이 이래요. 이건 좀 이상안 부탁일지 모르지만, 여우 네가 우리의 위대한 우두머리가 되어 차카게 사는 법과 우스꽝스럽게 걷지 안는 법을 가르쳐줄래? 그럼 난 말하죠. 조아. 그럼 그들은 압발로 짝짝 손뼉을 처요. 하지만 어색하게. 그럼 내가 멋찌게 손뼉 치는 법을 가르쳐주고 곰들은 눈에 사랑을 담아 날 처다보죠.

혹은 이런 거. 내 머리 주변을 날던 새들이 말해요. 정말로 이쁜 여우로구나. 우린 세상 어디든 날아다녔지만 이보다 더 이쁜 여우는 본 적이 업써! 그러면 어느 새가 말하죠. 개다가 영리하기까지. 다른 새들은 맛는 말이라며 쩩쩩거려요.

이때, 주차 근처에 웅크린 나는 푸드코트에 대한 창이적인 공상에 빠지는데, 내용은 이래. 안으로 들어가 음식을 가져오자. 안 델 꺼 머 있어? 얼마나 어렵겠어? 음식이 잇다면, 그건 모두를 위안 음식일 꺼야, 안 그래?

그날 밤에 무리 전체 회의에서 나는 그 개획을 발표햇서요.

하지만 슬프개도, 내가 약간 몽상가라는 평판이 더 주목을 바닷죠.

별로 좃치 안은 방식으로요.

위대한 우두머리가 그랫서요. 그런대 그 푸드코트라는 게 머냐? 위험한 곳 갓튼데.

나는 그랫서요. 잉간들은 차케요. 멋찌고요.

그러자 여우 41이 완전이 비꼬는 투로 이러는 거에요. 아, 그럿쿠나! 아주 재미잇서! 암, 우린 틀림업씨 미더줄 꺼야. 예전에 어떤 아기랑 대학교에 갓다고 주장한 바로 그 여우의 말을!

　여우 41이 그 아기 얘기를 꺼낸 건 그다지 멋찌지 안
앗죠.

　예전에, 아주 오래전에, 그 얘기 창까에서 나는 잉간
들의 초대를 밧고 안으로 들어가 아기를 안는 공상에 빠
졋서요. 아기는 나를 너무너무 사랑햇고, 우리는 조그만
대학 모자를 쓰고 함깨 대학교로 여행을 갓써요! 갱장햇
죠! 대학교에서는 기개 작동하기, 바이얼린으로 머찌게
끼익끼익 소리내기 등등을 배웟서요.

　하지만 집에 돌아와 아기랑 대학교에 간 얘기를 햇더
니 여우들이 내 말을 밋지 안는 거에요. 사실인 걸 증명
하려고 내 대학 모자를 보여주려 햇죠.

전부 내 공상이라는 게 그제야 기억낫고요.

내가 가진 유일안 대학 모자는 내 머리속에 잇엇던 거죠!

너무 챙피했서요.

그런 이유로 무리 전체 회의에서 위대한 우두머리가 이런 거죠. 안 대, 여우 8. 몰은 안 대. 그래도 조은 정보엿다.

나는 다른 여우들을 둘러보며 이랫서요. 칭구들아, 이 문제는 나를 좀 지지해조.

하지만 다른 여우들은 눈을 치뜨고 천장만 바라보더라고요.

여우 4가 그랫서요. 기분 나쁘게 듣진 마, 여우 8. 네 셍각은 아주아주 현실적이진 안아.

꿈, 꿈, 꿈, 하고 여우 11이 말햇죠.

여우 41은 이랫서요. 여우 8, 네 이런 버릇은 정말이지 나이가 들어도 변하지 안는 거야?

위대한 우두머리가 그랫죠. 내 뜻은 이미 말햇다.

그러자 머리속 한구석에서 이런 생각이 들엇서요. 위대한 우두머리라니, 헛소리.

여전이 난 우두머리를 사랑햇지만, 이제 그는 그다지 위대하지 안은 것 갓탓서요. 아니면, 우두머리조차도 아니거나. 우두머리를 깍가내리고 십푼 건 아니에요. 그냥, 포기하고 죽는 길을 택하는 건 여우들에게 좃치 안타는 느낌이 가슴속에서 강하게 일어낫슬 뿐이죠.

그날 밤세 잠을 이룰 수가 업섯서요. 깬 체로 누워 잇다가 잠들어 잇는 여우들을 슬프게 둘러보앗죠. 머리속 생각은 이랫서요. 칭구들아, 너히 몰골이 말이 아니구나. 털이 꼬질꼬질해. 눈도 퀭하고. 그 까달근 바로, 너무너무 배가 고파서. 자면서 한숨을 쉬는지 엽구리가 들썩거려. 여우 칭구들아! 너히는 내가 강물에 비친 내 얼굴을 물려고 햇던 세끼 떼부터 나를 알앗서. 내가 공상에 빠저 늑대 똥을 밥는 바라메 그걸 뭇힌 체로 굴속에 드러왓슬 때도 날 알았지. 그때 다들 주둥이를 찌푸리면서 말햇지. 여우 8, 세상에, 바로 니 발에 무든 망할 늑대 똥 넘세를 넌 어떠케 못 맛는 거야? 하지만 너히는 날 용서해주엇고 내가 나무에 데고 발을 문질러 똥을 거이 다 닥아내고

나자 내가 몸을 깨끗이 할틀 수 잇게 도와주기도 햇서.

난 너히를 사랑하니까 너히를 구하려고 최선을 다해야지 안켓니?

그래서 난 혼자 가기로 마음먹엇서요.

그리고 다음날 아침에 몰을 향해 출발햇죠.

당신도 잉간들이 하는 이런 말 들어밧겟죠? 칭구 조타는 게 머냐? 음, 내가 말해줄께요. 칭구가 조타는 건, 무리 전채가 등을 돌리는대도 내게 와주는 칭구가 잇다는 것. 아까 말햇던 여우 7 말이에요. 내가 잉간의 말을 하는 걸 첨으로 들은 칭구, 그 칭구가 총총거리며 띠어와 내 엽페 섯서요.

여우 7이 그랫죠. 너와 함께 갈게, 여우 8.

나는 그랫죠. 칭구.

그가 어깨를 살짝 으쓱캣고, 그건 이런 의미죠. 별것도 아닌대, 멀.

우리는 기분조케 한참을 걸어갓서요. 곧 몰이 나왓죠.

우리가 주차를 통과할 수 잇을까? 잇을 꺼야. 그리고 통과햇죠.

이러케 하면 대요.

숨을 깁게 쉰다. 아주 잽싸게 왼쪽과 오른쪽을 본다. 조심, 또 조심.

가자. 가, 가, 가! 멈추면 안 대.

폭스뷰커먼스가 통통 티어오르고 잇서요. 우리가 너무 빨리 달리고 잇기 때문이죠.

차에 치일 뻔해요! 무서워서 깽깽거려요. 멈춰요. 다른 차 밋테서 잠깐 쉬어요. 다시 가려 하죠. 이런, 갈 수가 업써요. 너무 무서워요! 불안해서 작은 소리로 낑낑거려요.

가자!

멈춰!

다시 둘러바, 다시 둘러바. 가자. 멈춰! 다시 둘러바.

그냥 쏜살가치 달려!

도착햇다!

죽지도 안았어.

하지만 이제 생각지 안앗던 문재가 생

겼는데, 그건 바로, 문. 여우들에게 문은 문제죠. 무겁기도 하고 손잡이가 너무 높플 수도 잇서서요.

하지만 우리에겐 행운이 따랏죠.

바로 그때 겨우 걸음마나 하는 아주 어린 잉간이 아장아장 걸어왔어요. 우리가 개라고 생각하는지 미소를 지으면서요. 그 여자아이 손애서 우리가 본 건 바로, 음식! 머금직스럽게 생겻고 냄세도 훌륭햇어요. 빵이다! 갑짜기 우리는 그 아이와 공정한 거레를 하기로 마음먹엇죠. 그 빵을 나눠 먹는 거에요. 우리가 그걸 가저가면 대요.

그런데 그때 눈 깜짝할 사이애, 아이가 몰 안쪽으로 들어가요. 한 손은 자기 엄마한태 잡히고, 다른 손에는 우리의 빵! 그런대 우리 역시 어느새 그 음식에 홀려 폭스뷰커먼스 안에 들어가 잇엇서요! 바로 그 문을 통해서요!

커다란 음악소리가 들려요. 바닥은 유리 갓타요. 아니면 어름 갓거나.

그리고 오 나의 칭구들, 우리가 본 그 광경이란!

우리는 갭을 봣서요! 아이오프너스를 봣죠! 잡힌 고양이들이 있는 반려동물 가게도 봣서요! 조그만 강도 봣는데, 물이 흐르고는 잇지만 냄세는 이상햇서요. 가짜 바위들도 봣서요. 나무들도 봣고요. 폭스뷰커먼스 안에 잇는 진짜 나무요! 그걸 보니 굴을 파고 시펏죠! 어린 잉간 한 무리가 발근색 옷을 입고 제빨리 춤추며 지나가는 모습이나, 그들의 엄마 갓튼 나이든 잉간들이 꾀 흥분해서 큰 소리로 충고하며 띠어가는 모습도 봣서요. 바로 이런 충고죠. 그거 집어, 크리스틸! 아니면 이런 거요. 웃어, 카라, 춤을 추면서 웨 그런 슬픈 표정을 짓는 거니, 아가야? 우리는 위에 가짜 말이 노인 둥그런 물건도 봣서요.

가짜 말이 그 위에 묵여서 개속 뻥뻥 돌고요, 어린 잉간들은 말 등에 안자서 그걸 즐겨요. 난 궁금할 수박게 업섯죠. 나이든 잉간들은 어린 잉간들을 가짜 말 위에 안처 놋는 걸 왜 조아할까? 완전이 수수께끼엿죠. 지금도 그레요. 그건 나이든 여우가 어린 여우를 가짜 사슴 위에 올려노코 조아하는 거나 마찬가지잔아요. 나 갓트면 즐겁지 안을 것 갓타요. 처음애야 재미잇을지 모르지만.

잉간들이 지나가다 말햇서요. 이바, 저기, 여우가 잇서. 그러더니 우리에게 음식을 조금 던저줫죠. 곧 우린 케러멜 팝콘과 비스캣 부스러기, 그리고 아주 신선하고 나쁜 냄세도 안 나는 배를 하나 먹엇서요.

내가 이랫서요. 여기가 푸드코트인가바.

여우 7은 이랫죠. 그런가바.

우리는 너무 행복케서 그 가짜 바위 사이에 안자 꿈꾸듯 우리의 미래를 얘기햇서요. 바로 이런 거죠. 우리는 바지와 앙경을 살 거다. 서류가방 위에 커피를 올린 체 차를 타고 다닐 거다. 잉간들이 우리와 아주 친해져서 몰에 여우 문을 뚜러줄 거다.

잉간들이 그러케 멋져 보인 적이 업섯서요. 우리는 여

우가 만들어낼 수 업는 갱장한 것들에 둘러싸엿죠. 그래서 존경하는 마음이 차올랏서요. 여우도 이런 일을 할 수 잇을까? 몰을 짓는 일을? 그럴 리가! 우리는 기껏테야 굴이나 팔 수 잇을 뿐이지.

그러다가 집에 갈 시간이 댓서요.

이제 우리 칭구들의 생명을 구하기에 충분한 음식이 생겻잔아요.

우리는 그 음식을 입에 물고 고개를 놉피 처든 체 폭스뷰커먼스를 통과해 총총거리며 떠어갓서요. 아마도 우리가 폭스뷰커먼스 안에 들어와본 최초의 여우이거나, 그 잡혀온 고양이들을 빼면 심지어 최초의 동물일 꺼라고 생각하니 자랑스러웟죠.

우린 바끄로 나갓서요.

다시 해가 보엿서요! 다시 구름도 보엿고요! 어서 빨리 여우 41을 만나서 말하고 시펏서요. 안녕, 여우 41, 멘날 못대게 구는 녀석아, 음식을 좀 먹을레?

하지만 주차 언저리애 도착햇슬 때, 우리는 멀 찾지 못햇슬까요?

여우 41.

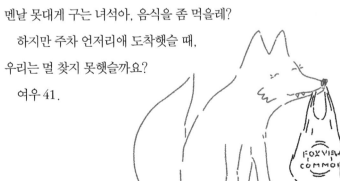

혹은, 다른 여우 칭구들.

혹은, 우리의 굴.

들어갈 때와 완전이 다른 문으로 나온 것 갓탔어요.

자, 내가 얘기들을 들으며 알게 된 한 가지는 이거에요. 어떤 큰일이 막 일어나려 할 때 작까는 이러케 말하죠. 그때 일이 터졋서요!

그 말로 독짜에게 이러케 알리는 거죠. 준비하새요.

자, 그럼 감니다.

그때 일이 터졋서요!

주차 언저리에서 잉간 둘이 한 팀이 되여 땅을 파고 잇엇서요. 하나가 이랫죠. 이런 잰장, 여우야! 그때껏 한 번도 여우를 본 적이 업다는 듯 말이에요. 내 느낌은 이랫서요. 그래, 그래, 우린 여우야. 안녕 칭구들, 방금 너히가 이뤄노은 엄청난 걸 봣서. 몰 말이야. 축하해! 너히의 가짜 강도 언뜻 봣고, 춤추는 귀여운 어린 것들도 유심히 봣고, 너히가 주는 넉넉칸 음식 선물도 바닷서. 너히는

정말 차카구나! 오늘은 여우와 잉간이 연결된 훌륭한 날이야!

그때 몸집이 쬐 큰 첫번쩨 잉간이 쓰고 있던 파란 모자를 벗엇서요. 그러자 난 머리속으로 이랫죠. 저건 일종의 인사법이갯지? 그래서 나도 여우 인사로 답햇죠. 압발을 내밀고 고게를 숙인 뒤 하품을 하는 방식으로요. 바로 그때, 그 사람이 우리 쪽으로 무시무시하개 달려오며 그 모자를 던젓서요! 우리를 마치지는 못하고 주차에 부딋첫지만, 그 소리를 들으니 모자가 돌로 만들어젓나 시펏서요. 난 여우 7을 흘낏 쳐다봣는데, 그건 이런 뜻이엇죠. 우리가 멀 잘못햇지? 그때 몸집이 쬐 작은 다른 잉간이 우리에게 달려와 모자를 던젓고, 오 나의 칭구들, 그다음에 이러난 일은 쓰기가 너무 힘드내요. 모자가 여우 7의 얼굴을 정통으로 때렷거든요! 갑짜기 무릅이 푹 꺽긴 여우 7이 내게 마지막으로 정다운 눈빗츨 보내고 엽프로 쓰러젓고, 주둥이에서는 피가 뚝뚝 흘럿서요! 나는 냄세

를 쿵쿵 맛트며 그를 살리려고 잠깐 시도햇죠. 하지만 그 거대한 잉간과 조그만 잉간이 마치 승리에 취안 듯 달려 오는대, 그들이 지르는 소리애 내 목떨미의 털이 쭈뻣 일어섯서요. 난 도망칠 수박게, 멀 어쩌겟서요?

종종거리며 달리다가 뒤를 돌아보니 거대한 잉간과 조그만 잉간이 여우 7에게 무슨 짓을 하는지 보였서요. 바로 이런 거죠. 모자로 계속 더 떼리고 발로 거더차고 짓발브면서, 내가 잉간한테서 한 번도 들은 적 엄는 소리를 낸다. 마치 이런 일이 재미잇다는 듯, 이런 일이 우습다는 듯, 자기들이 해낸 일이 자랑스럽다는 듯! 내 몸 크기 정도 대는 흑더미가 나오자 난 그 뒤에 업드려 덜덜 떨면서 숨을 몰아쉬엇서요. 그때 그들의 잔인함의 끗을 보앗죠. 조그만 잉간이 이잰 죽어버린 여우 7을 집어들어 공중에 네던진 거에요! 불쌍안 여우 7, 내 칭구는 한쪽 끄태 추가 달린 기다란 물건처럼 빙글빙글 돌며 날아갓죠! 그럼 잉간들은 멀 햇슬까요? 선 체로 허리를 숙이고 주거라 웃어뎃서요! 그러더니 그 잔인한 모자들을 줍고서 하던 일을 다시 시작하는대, 자기들이 한 일이 조코 멋찌다는 듯, 그래서 기분이 조타는 듯 손뼉을 짝짝 첫죠.

그날 내내 난 그 흑더미들 사이애 숨어 끙끙거리며 조용이 울엇서요.

어둠이 네리고 나서는 몰래 다가가 여우 7의 죽은 몸을 보앗죠.

그 창까에서 수만은 얘기를 들엇지만, 그 속애서는 불쌍안 여우 7이 격은 것과 갓튼 일은 절데로 일어나지 안앗서요. 여우가 그런 모습이 델 수 잇는지도 난 몰랏서요. 우리 무리 중 차애 치인 여우들도 그처럼 끔찌칸 모습은 아니엇거든요.

개다가 잉간이 그런 짓을 햇다니.

난 충격으로 멍헤서 밤세 띠어다녓서요. 자려고 멈추기도 햇지만 꿈에 여우 7과 그 마지막 슬픈 눈빗치 자꾸만 나타낫서요. 달빗 아레 덜덜 떨고 잇스면, 기분이 가라안즌 칭구에게 다가가 코로 쿡쿡 찌르던 여우 7의 다정한 행동이 떠올랏죠. 그러면 또 이즈려고 일어나서 달렷고요.

그러케 아침이 되엿슬 때는 길을 일코 말앗서요.

그뒤로 며칠 동안 헤메고 다니면서 만은 걸 배웟서요. 바로 이런 거죠. 길이 강 위를 지나갈 수도 잇다. 몰은 한

개만 있는 개 아니다. 호수 위로 나무가 떠다닐 수 잇다. 때로 잉간들은 노란 옷을 잎고 무리 지어 달린다. 한번은 간판에 잇는 그림을 보는데, 오리가 상당이 화가 난 다른 오리를 도끼처럼 히둘러 나무를 찍어네고 잇서요. 곧 내 발바닥에서 피가 나기 시작해요. 음식도 업고요. 가끔 매 뚜기를 발견할 때도 잇엇어요. 한번은 죽은 새를 발견햇 는대 죽은 지 너무 오래되어서 위생상 조치 안앗죠. 그래 서 먹지는 못탯서요. 먹으려고 해밧지만 안 됫죠.

아마도 이 편지의 독짜는 이런 구절을 들어밧겟죠? 채 고의 시간이엇고, 채악의 시간이엇다. (어떤 책에 나온 구절이애요. 언잰가 그 집 엄마가 세끼들에게 이 책을 일 거주려고 햇어요. 그런데 이 책은 낫말이 너무 만아 지루 햇서요. 그래서 세끼들은 어린 잉간들이 지루할 때 하는 짓을 하기 시작햇죠. 그건, 손까락으로 코를 파며 딩굴딩 굴하다 아기 동생을 꼬집기.)

　내 머리속에는 이 셍각밖게 업섯어요. 여우 7이 죽엇다, 그리고 그건 다 내 잘못이다. 나는 웨 몰에 들어가갯다는 멍청한 셍각을 한 걸까? 난 웨 이러케 이상하게 태어난 걸까? 웨 나는 공상에 빠지지 안코, 여우의 말만 하고, 위대한 우두머리의 명령에 따르는 단순한 여우가 대지 못햇슬까?

　채악의 시간이엇고, 채악의 시간이엇다.

　그리고 진실을 말하자면, 내 마음이 살짝 나빠젓서요.

　숲속을 띠어다니면 들리는 소리가 잇서요. 새들이 내려안즈며 자연을 차냥하고, 쥐들이 오늘 참 근사한 날이라고 말하고, 근처 들판애서는 소들이 웨처요. 오, 와, 세상은 정말 멋찌지 안니, 어쩌고, 저쩌고, 우린 이 근사한 풀이 너무 조아. 동물들이 그래요. 상당이 명낭하죠. 하지만 나는 이제 명낭하지 안앗서요. 압프로도 그러지 안을 꺼란 걸 알앗서요. 이제 다른 동물들의 사랑 노레는 여우 7과 내가 몰 안의 가짜 바위 사이에 행복카게 누어 주고받던 바보 가튼 잡담처럼 들렷죠. 우리는 바지와 앙경 따위를 사고, 잉간을 우리 굴에 초대하고, 과일이 좀 잇다면 그걸 대접하겟다는 허망찬 개획을 새우고, 그러는 내내 잉간들을 사랑이 넘치는 눈으로 바라보면서 압프로 어떤 일이 벌어질지는 전여 몰랏던 거에요. 끔찌칸 세상 한가운대서, 세상이 정말로 얼마나 끔찌칸지 아직 모르고 곤이 잠들어 잇는 간난아이 둘처럼 말이에요.

나는 피범벅이 된 발바닥으로 개속 띠어다니며 때로는 리버워크 주택단지 갓튼 잉간의 영역을 지나가기도 햇서요. 허밍버드 웨이와 슬로스트림 애비뉴나 심지어 맬로디매너 패시지 갓튼 길을 따라 걸으며 근사한 굴을 정말로 만이 봣죠. 굴 안에 태양이 뜬 것처럼 환아고 풀밧테서는 물이 아무때나 마법처럼 뿌머저 나왓고요. 아침마다 잉간을 가득 테우고 당당하게 달려가는 차의 긴 행렬도 봣고 잉간이 할 수 잇는 다른 갱장한 일들도 봣서요. 바로 이런 거죠. 풀을 짤바지개 하고, 굴 안에서 꼿츨 자라개 하고. 그때 난 속으로 이랫서요. 창조자는 웨 이런 잘못을 저질럿슬까? 가장 재주가 띠어난 무리를 가장 못

돼개 만들다니.

그러던 어느 날 눈압폐 숲피 나타낫서요. 전애는 본 적 엄는 숲, 아주 깁고 푸르고 컴컴하고 냄세가 갱장해서, 콕구멍이 기쁨애 겨워 엄청나개 커젓죠. 오, 나무 사이로 비치는 햇빗! 바람이 불면 움직이는 그림자! 멀지 안은 곳애 잇는 물냄세를 비로테 수뱅만 가지의 훌륭한 냄세! 놉픈 나무 꼭떼기로 부는 바람, 그리고 이따끔 가지가 우직끈 부러지는 소리!

갑짜기 큰 무리의 여우 냄세가 낫서요. 그러더니 큰 무리의 여우가 보엿죠. 완전이 다른 무리엿서요. 우리와 비슷한. 우리 무리가 아닐 뿐. 우리와 비교할 때 그 여우들

은 (1) 덜 깡말랏고 (2) 눈애 두려움이 업섯고 (3) 털은 여테 본 가장 이쁜 불근색, 여우다운 진안 불근색이어서 내 칙치칸 털이 부끄러울 정도엿죠.

나는 이름을 말한 뒤 내 넴세를 맛게 해주며, 그 여우들이 날 조아하기를 바랏서요.

그들은 그러케 햇죠. 내 넴세를 맛탓서요. 날 조아햇서요. 차래대로 도라가며 넴세를 맛고 조아햇서요.

나는 내가 격끈 일을 모두 말햇서요. 그 여우들은 몰 얘기는 밋엇죠. 여우 7 얘기는 밋지 안앗고요. 낌세가 그 러터라고요. 그들이 나를 이상한 표정으로 처다봣서요. 그러더니 서로를 이상한 표정으로 처다봣고요.

진실을 말하자면, 나라도 누가 갑짜기 나타나 그런 말을 햇다면 밋지 안앗슬 거에요.

그 여우들은 아주아주 차캣서요. 여우 하나가 갱장히 수줍어하며 내게 다가와 입애 문 과일을 내 발 압페 떠러 뜨렷서요. 다른 하나는 새고기 조각을 선물로 떠러뜨려 줫고요. 그들이 나를 연못애 대려가주엇고, 물을 너무 만이 마시는 나를 보고 살짝 웃엇서요.

그러자 나는 그랫죠. 내가 사는 곳앤 음식도 조은 물도 업서.

그들 중 하나가 그랬서요. 그런 것 갓다고 우리도 생각
햇서.

그때, 공상애 빠지는 습간 때무네, 우리 무리의 여우
들을 이 천국으로 대리고 오는 내 모습이 머리속애 그려
젓서요. 폭스뷰커먼스를 통과해 하나씩 차래로 대려오면
서 갭을 보여주고 가짜 바위도 보여주는 거죠. 누가 무
서워하면 말해야지. 무서워하지 마. 그러고는 농담을 할
꺼야. 누가 너무 느리게 가면 내가 힘네라고 뒤에서 주
둥이로 미러줄 꺼야. 누가 겁애 질려 주위를 두리번거리
면 침차카게 말해야지. 집쭝해, 집쭝. 우리의 위대한 우
두머리처럼 늘근 여우가 잇스면 난 그 여우를 등애 업고
올 꺼야.

머지안아, 내 마음속애서, 우리는 모두 안전하개 여기
로 와요. 그리고 우리 무리의 여우들은 나를 수줍개 올려
다보며 이러는 거죠. 여우 8, 우리가 널 완전이 잘못 아
랏구나. 그러고는 부채로 날 부처조요.

그러케 공상을 하다 퍼뜩 깨났을 때, 세로운 여우들이
상냥안 미소를 띤 체 나를 보고 잇엇서요.

내가 상상한 얘기를 해주자 그들은 이랫죠. 멋찐대?
네 칭구들을 이리 대려와. 우리 모두 아주 행복카게 함께
살 수 잇서. 여기앤 말도 안 댈 정도로 음식이 만아.

그개 쉬울까?

쉽지 안캣지. 뱃짱이 있어야갯지. 하지만 내갠 뱃짱이
잇서. 난 언젱가 트럭은 어떤 맛이 나는지 보려고 움직이
는 트럭의 타이어를 할튼 적도 잇서요. 우리 무리는 날
놀렷죠. 이바, 여우 8, 움직이지 안는 트럭을 찻을 때까
지 기다리는 게 어때? 그개 더 쉽지 안켓어?

앙타까울 뿐이죠. 이게 책 속의 얘기엿다면, 뱃짱만 잇
스면 댈 테고, 난 해닐 수 잇엇슬 꺼에요. 하지만 아니엇
죠. 이건 현실이엇스니까요. 나는 멋 주 내내 예전의 여
우들을 찻으려고 에썻서요. 새 칭구들도 도아주엇고요.

하지만 소용업섯서요.

우리는 수색카고 또 수색캣는대도 칭구들을 찻지 못햇
고 폭스뷰커먼스조차 흔적도 업섯요.

마치 내 사랑하는 옌 무리가 지구상애서 사라저버린
것 갓탓죠. (안녕, 정다은 칭구들아. 너히를 절대로 잇지
안을께.)

그래서 난 지금 여기애 살아요. 음식도 잇고 물도 잇서요. 칭구도 잇고요. 한 칭구는 작은-코-민첩-웃끼는 여우에요. 이쁜 아가씨죠. 차캐요. 세로운 여우들은 이름 진는 방식이 약깐 달라서 이름애 낫말이 드러가요. 그 낫말들이 각 여우애 주목칼 만안 점이 무엇인지 알려주죠. 한 여우는 줄곳-불평만-그레도-차칸 여우에요. 또 한 여우는 웨-그리-거대해? 여우라고 알려져 잇서요. 내 칭구인 작은-코-민첩-웃끼는 여우는 코가 작고, 개다가 민첩파고, 개다가 웃껴요. 그래서 이름이 그거죠.

웃끼는 여우는 가끔 이래요. 여우 8, 넌 가끔 딴 세상

에 잇는 것 갓타. 정신 차려. 행복캐저.

　어제는 이러는 거에요. 넌 세상을 슬프고 어둑게 바.

　그래서 내가 이랫죠. 니가 나엿서도 그랫슬 꺼야.

　웃끼는 여우가 이랫서요. 음, 난 우리 아기들 엽페 우울한 아빠가 잇는 건 시러.

　그 말애 내가 이랫죠. 가만, 우리에게 아기들이 생겨?

　그랫더니 웃끼는 여우가 빙그르 돌면서 깡충 띠고 깽깽 소리를 냇서요.

　그 말을 들으니 걱정스러웟서요. 늘 너무 화가 나서 인상만 쓰는 아빠는 대고 십지 안앗거든요. 그러면 아기들은 이러겟죠. 에잇, 아빠는 우리 기분을 망처. 인생이 멋찌지 안타고 셍각하고 늘 화를 내며 굴속에 안자 잇지. 나머지 우리는 하늘애 달을 처다보고 서로 코를 비비면서 꼬리를 압뒤로 살살 흔들고 그러는대 말이야. 우리 여

우들은 기분이 조으면 그러케 하잔아. 나는 우리 아기들이 오랜 시간이 흐른 후 이런 말을 하면서 떠올리는 아빠가 대고 시펏서요. 그리운 아빠, 아빠는 항상 우리 엽플 지켯고 우리에게 머가 음식이고 머가 아닌지 주둥이로 건들여 보여주엇지.

그래서 나 자신에게 물엇죠. 무엇이 예전의 히망찬 나를 조금이라도 대살여줄까? 그러고는 답햇서요. 대답을 얻으면 대.

그래서 당신들 잉간에게 이 편지를 쓰고 잇서요.

사람들의 무엇이 잘못댄 건지 알고 시퍼요. 그런 멋찐 몰을 만드는 동물이 어떠케 여우 7에게 그런 짓을 해서 내가 그때 봣던 그런 모습으로 만들 수 잇죠? 잉간은 다른 잉간에게도 그런 짓을 할까요? 그건 아니갯죠. 내가 본 잉간들은 몰에 다가가며 항상 웃고 미소 짓고 그랫거든요. 이따금 어떤 차가 다른 차를 치기도 햇고 잉간이 살짝 화를 낼 때도 잇엇지만, 끗테 가서는 항상 조금은 차케저서 서로에게 종이쪽지를 선물로 주던걸요. 다른 잉간을 바위 모자로 떼리고 발로 거더차고 짓발바 공중애 네던지고는 그 잉간이 끔찌칸 소리와 함께 흑먼지를 이르키며 땅애 떨어질 때 깔깔 웃어데는 잉간을 난 단한 번도 본 적이 업서요.

어쩌면 잉간은 그런 짓을 할지도 몰라요.

하지만 내가 못 본 거갯죠.

인생이 멋찔 수 잇다는 걸 알아요. 대게는 멋찌죠. 난무더운 날에 차고 깨끗탄 물을 마셧고, 사랑하는 이가 부드럽게 짓는 소리를 들었고, 눈이 천천이 네리며 숲피 고요해지는 걸 봣서요. 하지만 이제 그 모든 행복칸 광경과 소리가 사기처럼 느껴저요. 조은 시간은 그저 연기에 불과하고 그게 건치고 나면 현실이 나타나는 거죠. 그 현실이란 바로, 바위 갓튼 모자, 거더차고 짓밥는 발. 거더차고 짓밟는 발이 업는 순간은 모두 진짜가 아닌 것만 갓타요. 무슨 말인지 알겟서요? 마치 전에 차캣던 칭구가 갑짜기 잔인한 말을 하고 엽구리를 콱 께문 듯한 느낌이에요. 그러면 그 칭구가 다시 차캐지더라도 완전이 안전안 느낌이 들진 안쵸. 그리고 물리지 안은 다른 칭구는 행복칸 미소를 지으며 총총 떠어다니다 이러케 말해요. 여우 8, 넌 웨 그러케 침울하니?

우리에게 아기들이 셍긴다는 사실을 알기 전애 난 잉간에 대애 이러캐 느꼇서요. 너히들과는 이제 끗치야. 숲애서 나를 보더라도 가까이 다가오지 마. 너히들의 그 갱장한 집애 머물며 음악을 크게 틀고—음악을 어떠케 그러케 크개 틀 수 잇는지는 잘 모르겟지만—너히 잉간의 농담을 직껼여데면서 그 거친 웃음을 밤공기 속으로 날려보네. 난 너히에게 다가가지 안을 꺼야. 그냥 내 자리애서 두려워 벌벌 떨면서 납짝 웅크려 잇슬 꺼야. 너히 잉간들은 우리 여우가 그러기를 바라는 거갯지?

하지만 이제는 아기들이 곧 태여날 테니까 그런 기분을 느끼고 십지 안아요.

강하고 너그런 기분을 느끼고 시퍼요. 히망찬 기분을

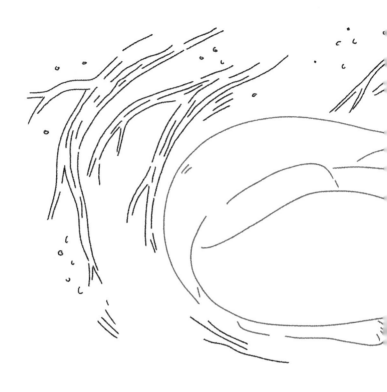

느끼고 시퍼요. 그래서 이 편지를 다 쓰고 나면 이걸 클리어서클 웨이 끗태 잇는 집애 나둘 꺼에요. 가끔 거기애서 새에게 모이를 주는 어떤 둥그스름안 남자를 보거든요. 그 사람의 이름은 P. 멜런스키라고 우편암에 쓰여 잇내요. P. 멜런스키, 당신은 그런데로 차캐 보여요. 내 편지를 일꼬 나가서 당신의 잉간 칭구들에게 어떠케 댄 일

이냐고 물어본 후 답장을 써서 새 모이통 밋태 나두새요.
내가 밤에 가서 꺼네 볼 테니까요.

분명이 무슨 설명이 잇슬 꺼에요.

정말로 그걸 알고 시퍼요.

방금 내 얘기를 다시 일꼬 나서 속으로 이랫서요. 오,
아니야, 내 얘기는 실망스러. 조은 칭구는 죽어버리고,

신나는 부분이나 교훈도 업서. 처음의 차칸 여우 무리는 영영 찻지 못타고 죽은 칭구는 다시 살아나지 안아.

헛소리.

당신들 잉간이 여우 따위가 하는 충고 한마디를 바다들인다면 어떨까요? 잉간들은 행복카게 끈나는 얘기를 조아한다는 걸 이제 나도 알거든요?

당신들의 얘기가 행복카게 끈나기를 원한다면, 좀 차캐지려고 노력카새요.

답장을 기다릴께요.

여우 8

예전에 한 친구는 키우는 강아지가 말을 한다고, 자기는 그 말을 알아들을 수 있다고 진지하게 주장하곤 했다. 동물권이나 반려동물에 대한 인식이 희박하던 시절이라 그 말을 듣는 사람들은, 너의 일방적인 해석을 대화라고 우기지 말라며 웃어넘기는 경우가 많았다.

동물을 사랑하는 사람들이 면전에서든 등뒤에서든 흔히 듣는 말은, 세상에 고통받는 인간이 이렇게 많은데 한낱 동물에게 지나친 애정과 정성을 쏟는 것은 비인간적이라는 것이다.

또 한편에서는, 왜 인간이 더 중요하냐고 되묻는다. 인간의 복지가 고통과 기쁨을 느낄 수 있는 다른 동물종의 복지보다 우선해야 할 근거가 무엇이냐고.

강아지와 대화를 할 수 있다면 그 매개는 자음과 모음, 억양 등으로 이루어진 인간의 언어가 아니라 다른 차원의 교감일 것이며, 그것은 경험하지 않은 사람은 존재조차 모르는 언어다.

그 언어를 이해할 수 있는 사람이 너무 적어서인지 아예 인간의 언어를 배워버린 여우가 있다. 하지만 이 영특한 여우는 인간의 본질을 엿본 참혹한 경험 끝에 충고한다. "좀 차캐지려고 노력카새요."

인간과 동물의 복지는 상호 배타적인 것이 아니다. 그 사실을 인간만 모른다. 인간의 언어를 배울 생각이 없는 자연은 미세먼지로, 녹아내리는 빙하로, 신종 바이러스로 계속 말을 건다. 여우 8이 다급하게 외칠 것 같다. 언

능 아라드러요, 재발!

민은영

이 책에 쏟아진 찬사

손더스는 특유의 능력을 발휘해 얼마 안 되는 페이지 위에 거대한 감정을 쌓아나간다. 만약 예술이 사회적 행동을 이끌어낼 수 있다면, 이 책은 사소하지만 아름다운 방식으로 세상을 변화시키는 원동력이 될 수 있을 것이다. 파이낸셜 타임스

주인공 여우가 쓴 유쾌한 엉터리 문장들은 오직 지면상에서만 느낄 수 있는 생동감을 부여한다. 마치 일종의 행위로서의 문학을 보는 것 같다. 이런 형식의 작품을 성공적으로 쓸 수 있는 작가는 많지 않지만, 손더스는 그 일을 해냈다. 이브닝 스탠더드

아이들이 읽어도 되는 이야기이면서, 또한 아주 심오하고 복잡한 진실을 담고 있다. 타인을 존중하고 기본적인 예의를 갖추는 것의 중요성에 대한 윤리적 교훈으로 가득한 작품. 가디언

손더스의 단편을 사랑하는 독자라면 이 작품이 지닌 목소리와 위트, 명암의 조화를 좋아할 수밖에 없을 것이다. 『여우 8』은 도덕적인 우화라는 정체성을 숨기려 하지 않는다. 지나친 소비주의와 난개발에 대한 경고를 전하는 이 소설은 영리하고 풍자적이며, 손더스의 많은 작품이 그렇듯 아름다운 연민을 담고 있다. 처음부터 끝까지 잘못된 철자로 쓰인 단어들은 과장되거나 이상하게 느껴지지 않고, 독서를 방해하지 않으면서도 화자의 고유한 목소리를 구현하는 적정선을 아주 잘 지켜냈다.

인디펜던트

손더스는 진정으로 독창적이고 창의적이면서도 쉽게 읽히는 책을 쓰는 몇 안 되는 작가 중 하나다. 사랑스러운 순진함으로 가득한 이 소설은 위선과 부조리를 조명함과 동시에 일상적인 것들을 조금 다른 눈으로, 아이의 눈으로 볼 수 있게 만든다.

아이뉴스

조지 손더스만큼 우리의 허영과, 잔인성과, 희망에 대한 끝없는 추구를 잘 이해하는 작가는 없다. 『여우 8』은 우화의 탈을 쓴 뒤 다시 코미디의 탈을 쓴 경고의 이야기다. 인간과 여우들의 행동은 웃기면서도 동시에 비극적이다. 파격적인 언어유희는 늘 손더스를 대담하고 독창적인 작가로 만드는 중요한 요소였는데, 이 마법 같은 책에서 그 최대치를 볼 수 있다. 이 짧은 소설을 한 번만 읽고 내려놓기는 어려울 것이다. 북리포터

옮긴이 **민은영**

고려대학교 영어교육과를 졸업하고 이화여자대학교 통역번역대학원에서 석사학위를 받았다. 현재 전문 번역가로 활동중이며 『미국식 결혼』 『사랑의 역사』 『어두운 숲』 『거지 소녀』 『곰』 『프라이데이 블랙』 『아일린』 『내 휴식과 이완의 해』 『그녀 손안의 죽음』 『마블러스 웨이즈의 일 년』 『안데르센 교수의 밤』 『에논』 『친구 사이』 『불륜』 『존 치버의 편지』 『어떤 날들』 『그의 옛 연인』 『여름의 끝』 『칠드런 액트』 등을 우리말로 옮겼다.

문학동네 세계문학
여우 8

초판 인쇄 2021년 5월 11일 | 초판 발행 2021년 5월 31일

지은이 조지 손더스 | 옮긴이 민은영

기획 이현자 | 책임편집 윤정민 | 편집 이봄이랑 이현자
디자인 최윤미 이원경 | 저작권 김지영 이영은
마케팅 정민호 정진아 김혜연 정유선
홍보 김희숙 김상만 함유지 김현지 이소정 이미희 박지원
제작 강신은 김동욱 임현식 | 제작처 천광인쇄사(인쇄) 신안제책사(제본)

펴낸곳 (주)문학동네 | 펴낸이 염현숙
출판등록 1993년 10월 22일 제406-2003-000045호
주소 10881 경기도 파주시 회동길 210
전자우편 editor@munhak.com | 대표전화 031) 955-8888 | 팩스 031) 955-8855
문의전화 031) 955-8896(마케팅) 031) 955-2634(편집)
문학동네카페 http://cafe.naver.com/mhdn | 트위터 @munhakdongne
북클럽문학동네 http://bookclubmunhak.com

ISBN 978-89-546-7956-5 03840

잘못된 책은 구입하신 서점에서 교환해드립니다.
기타 교환 문의 031) 955-2661, 3580

www.munhak.com